_____ 님께

지금까지 모든 존재를 사랑해 온 향기로운 당신,
온 마음으로 사랑하고 또 사랑해 나갈
당신께 이 책을 드립니다

_____ 드림

사랑에
사랑을
더하다

이규초

결혼하는 딸을 위해 마음 모아 시를 써서 시집 한 권을
출간하는 아버지가 이 세상에 몇 명이나 될까.
두 아들을 데리고 필리핀 바기오 배낭 여행을 시작으로
중국 기차여행, 베트남, 캄보디아, 라오스, 인도, 네팔,
시베리아 기차여행, 남미 자동차여행, 아프리카 종단,
히말라야까지 두루 동반한 아버지는 그 추억담을 기려
『얘들아 세상 밖으로 나가거라』라는 책을 출간해서
뭇 사람들의 귀감이 되었다.
아버지가 직접 이름 지어준 딸 이다진 양의 등을 두드리며
시베리아와 히말라야를 다녀오기도 했다.
자녀에게 지혜를 안겨준 아버지의 참 사랑이 어찌 부럽지
않겠는가.
나는 아들 장가갈 때 수필집 『인생사용 설명서』 펴내
축하해준 분들께 선물했기에 이규초 대표의 시집 출간에
뜨거운 마음을 보내지 않을 수 없다

시집 『사랑에 사랑을 더하다』를 출간한 이규초 대표는
향기 그윽한 시인이자 사랑의 불꽃이요,
지혜로운 스승의 징표가 되었다.
이규초 시인의 자녀 사랑은 아낌없이 베푸는 참부모의
상징이자 사랑의 이정표로 자리매김하게 되었다.
또한 그가 수행정진의 공덕을 쌓고 쌓아 영혼의 향기가
시어로 표출된 것이다.
시는 그냥 쓴 게 아니라 참선을 하여 혼울림이 있었기에
오도송같은 시어가 나올 수 있었다는 걸 알 수 있다.
그는 가족만 사랑한 게 아니라 가녀린 풀꽃은 물론이요
하늘, 태양, 바람, 땅은 말할 것도 없고 고난 받는 사람과
천대 받는 사람까지 보듬었기에 그 시어가 맛깔스럽고
정겨우며 따스해서 참 좋다.

2021년 12월
김홍신(소설가)

시집을 발간하면서...

부끄럽고 설레이는 마음으로 이 시집을 발간하게 되었다.
재능이 없었지만 그래도 오랜 꿈이었다.
12월의 신부가 되는 딸을 보면서 용기를 내어보았다.
지나온 날들에 대한 그리움 그리고 애정어린 눈빛으로 나를
지켜보아주었든 모든 이들에 대한 감사함,
앞으로 얼마가 남아있을 지 모를 날들을
좀 더 깊은 내면의 모습에 다가가 살았으면 하는 바람으로
한번도 가보지 않은 길을 가보게 되었다.

개인과 가족에 대한 이야기도 많이 쓰게 되었다.
삶의 중심은 사랑하는 가족에게서 시작되는 것은
아닌지 모르겠다.

어느 시인은 말했다 시는
'버려진 마음의 보석들을 주워 담는 것' 이라고
가끔 하늘 한번 쳐다보면서,
지나가는 바람의 소리에 귀기울이면서
집 나간 마음의 보석들을 하나씩 주워 담았으면 좋겠다.

따스한 햇살 한 줄기, 이름 모를 들꽃 한송이,
경외롭고 참 감사하다.
이 지구별에서 함께 동행을 하고 있는
아름다운 사람들을 사랑에 사랑을 더해서
서둘러서 더욱 사랑해야겠다.

2021년 12월

용문면 오촌리에서

Contents ● ● ● ●

제 2 부

제 3 부

부록

제1부

Love

한 번쯤은 누군가를 그리워하며 잠 못 이룬 적이 있을 것이다
누군가를 그리워한다는 것은 그에게 한 걸음 더 다가가는 것이다

눈처럼 소복소복
쌓이는 그리움

알고 있나요?

알고 있나요
지난밤에 잠 못 이룬 누군가가 있다는 것을
온 밤을 지나가는 바람과 쓸쓸히 함께했다는 것을

알고 있나요
그리움이 쌓여서 노란 은행잎으로 변했다는 것을
노오란 그리움은 하나씩 떨어진다는 것을

닿을 수 없어서 더 슬프고
볼 수 없어서 더 안타깝고
말할 수 없어서 더 답답하고
이것이 그리움인가요

알고 있나요
그리움은
눈처럼 밤새 소리 없이 소복소복 쌓여간다는 것을

그냥 살아요

얼음이 왜 차갑냐고 말하지 마셔요
여름이 왜 덥냐고 묻지 마셔요

그녀가 왜 나를 사랑하지 않으냐고 슬퍼 마셔요
왜 동산이 아니고 서산이냐고 따지지 마셔요

왜냐고요
그것은 당신이 할 수 있는 일이 아니니까요

그냥 살아요
가을이 지나면 겨울이 오듯이
아침이면 해가 떠오르듯이

비 오는 밤

까만 밤
들려오는 빗소리

창문을 열어본다
새까만 밤 속에서 누군가 흐느낀다
누구일까

많이 외로운가 보다
많이 그리운가 보다

열린 창문 사이로 빗소리는 소리 없이 들어와서 앉는다
살포시 쓰다듬어준다

많이 힘들었는가 보다

창문은 밤새 열려있고
비는 밤새 소리 없이 흐느낀다

사랑에는 유효기간이 없다

사랑에는 정량이 없고
유효기간도 없다

사랑을 하고 사랑을 받는 것
정량이 없으니 사랑을 아끼지 말자
비울수록 커지는 것이 사랑이다

유효기간이 없는 당신의 사랑
언제나 고맙다

어제 한 사랑
오늘 하는 사랑
내일 할 사랑

당신의 사랑에는 유효기간이 없고
나의 사랑에도 유효기간이 없다

누이

누이
누이
속으로 수십 번 되뇌인다

그리움에 순서가 있다면
어머님 다음에 누이
아마도 전생에 누이는 어머니였을까

동작대교 위에서

모든 것들이 지나간다

차도 지하철도 사람도
그 위로 바람도 햇빛도 소리 없이 지나간다

살아있는 모든 것들이 지나간다
각자의 슬프고 아름다운 사연들을 안고서
힘겹게 눈물겹게

가고자 하는 것들은 그냥 가게 하여라
내가 무엇을 할 수 있겠는가?

동작대교 위로
어제도 지나갔고
오늘은 지나가고 있고
내일도 무심히 지나갈 것이다

그렇구나
살아있는 모든 것들은 지나가는구나!!
동작대교 위로

배려

당신과 눈을 맞추며
당신의 이야기에 귀 기울인다

내가 먼저 웃음 지으면서
손 내밀어준다

당신이 어디가 불편한지
당신이 지금 무엇이 필요한지
당신의 사소함도 살펴보는 마음

사소함이 더 이상 사소함이 되지 않는
당신을 생각할수록 내 마음이 더 커지는
요술 방망이

배려는 당신의 하루를 행복하게 만들고
나는 몇일이 더 행복해진다

누군가를 그리워하는 것은 내 안에 있는 모든 감정들을 끄집어내어 밤새워
그대에게 달려가는 것이다

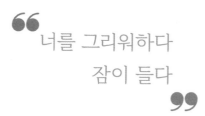

너를 그리워하다
잠이 들다

그리움 1

그리움은
노을이다

그리움은
눈물이다

그리움은
가을이다

그리움은
코스모스 꽃이다

그리움은
닿을 수 없는 별이다

딸에게

네가 세상에 처음 빛을 보던 날
아빠는 새가 되어 마냥 날았어
날 수 없는 인간이 새가 된다는 것은
어떤 기분인지 너는 알겠니
새가 된 아빠를 상상할 수 있겠니

분만실에서
처음으로 너의 조그만 머리카락을 보았을 때
아빠는 정신이 없었어
머리카락만 보이고 아직은 첫울음을 울 수 없었을 때
그 짧은 순간이 아빠에게는 무척이나 긴 시간이었지
엄마는 산고의 고통을 겪고 있었어

그렇게 너는 우리에게 다가온 거야
그렇게 너는 우리의 희망과 꿈이 되어
우리에게 새로운 삶의 기쁨을 주었어

네가 두 개의 눈과
그리고 손발이 모두 다섯 개임을 확인하고
아빠는 병원을 나와 끊었던 담배를 한 대 물고는
"감사합니다, 정말로 감사합니다"
네가 건강하게 세상의 빛을 본 것에

아빠는 마냥 감사했어

그리고는 문득 스쳐 가는 단어가 생각났어
네 이름이었지
"多眞이 "

세상을 살아가면서
진실하게 참되게 예쁘게 살아가라는
아빠의 희망이었지
그렇게 네 이름이 세상에 태어났어

딸아, 사랑하는 내 딸 다진아
가족이라는 울타리 안에서
아빠와 딸로서 사랑하며 이해하며 감싸주며
그리고 함께 울고 웃으며 걸어가자꾸나

우리가 가는 길에
가끔은 바람이 불고 비가 내리더라도
"사랑"이라는 큰 힘만 있으면
모든 것을 이겨내리라 아빠는 믿는다
다진아 사랑해

끊임없이 채우기 위해 바쁘다
그 무거움을 어떻게 감당할 것인가

" 비울수록
행복은 커져간다 **"**

민다나오의 미소

자신의 나이도 모른다
그러나 그냥 행복하다
무엇을 가졌는지는 중요하지가 않은가 보다

허리의 둘레 사이즈가 행복과 비례하지 않고
깃털처럼 가벼움이
오히려 행복으로 가는 길인지도 모르겠다

어깨가 무겁다
너무 많은 것을 짊어지고 가고 있다
민다나오의 미소는 나에게 묻는다
무엇이 그리 많이 필요하냐고

비울 수 있는 지혜
그래서 자유로워지는 길

오늘도 나는 민다나오로 떠난다
민다나오의 따스한 미소에 중독되면
불치병이 되는가 보다

남겨진 시간

예쁜 말만 해도 모자랄 시간
당신과 나의 이야기만 해요

남의 이야기
세상 이야기
그렇게 중요하지 않아요

별들의 이야기도 좋아요
별들에 대한 전설 이야기
누군가 하늘로 가서 별이 되었다는
별처럼 반짝이는 이야기

사랑에 대한 이야기도 좋아요
어릴 적 좋아했던
짝사랑 소녀에게 끝끝내 하지 못했던 이야기
불꽃같이 타올랐던 젊은 시절의 사랑 이야기

그리움에 관한 이야기도 좋아요
한때 추억을 함께 했었던
지금은 하늘나라에 계신 님들
지금은 소식이 끊긴 초등학교의 친구들

우리들의 이야기만 해요
별처럼 반짝이는
나눌수록 향기가 나는
아름다워서 눈물이 나는

우리
그런 이야기만 하도록 해요

나의 소원

그 허망함을 당신에게 줄 수 없다
그래서 나의 소원은 당신보다 1분 더 살기

가슴 한쪽이 녹아내리는
그 상실감을 당신에게 줄 수 없다

억만 겁의 인연을 뛰어넘어
경이롭게 기적같이 내게 온 당신을
늦은 밤 홀로 불을 켜게 할 수 없다

아침에 눈을 떴을 때
당신의 옆자리를 비어있게 할 수 없다
나의 숨결이
나의 따뜻한 온기가
당신이 떠나는 순간까지 함께 하기

그 순간
이 세상에서 가장 작고 아름다운 소리로
'고마웠다'
'사랑했었다'
마지막 인사해주기

그래서 나의 소원은
당신보다 1분 더 살기

당신을 끝까지 지켜주고 싶다
당신은 또 다른 나이기에…

나의 소원은 당신을
끝까지 지켜주기

바기오에서

7살 쌍둥이와 바기오로 왔다
싸한 바람을 가슴에 가득 담으며 산으로 왔다
가슴과 가슴에 꽃 한 송이 피우기 위해 먼 길을 떠나왔다

행복은 표현할 수 없는 것
눈과 눈으로 마주칠 때의 그 느낌
손과 손으로 전해지는 그 안온한 촉감
행복은 그렇게 작은 것에서 시작되는 것
그 소박한 행복을 아들과 함께한다

일상에서 벗어나 배낭 하나씩 메고 무작정 떠나온 길
그 길에서 고향을 만나며
망각하고 있는 삶의 소중함을 만나며
그리고 아들과 아버지의 가슴에 정을 하나씩 쌓는다

너희로 인해
무작정 떠나온 길에도 외롭지 않고
낯선 거리의 저녁나절도 오히려 안온함이다
가슴 한구석 새록새록 희망의 새싹이 자란다
나는 너희들의 등대이기를 바라고
너희는 나의 희망이기를 바란다

아들 쌍둥이와 바기오로 왔다
여기서 남자들만의 아름다운 음모를 꿈꾼다
내 삶의 소중함을 가슴에 가득 채운다
시원한 바람을 맞으며 농도 짙은 삶의 한 부분을 엮어간다

이 산 정상에서
오름과 내림의 철학을 배우며
작은 것에서 가치를 느끼며
아들과 함께하는 이 시간에 정녕 감사한다

어느 날 삶이 무척 힘들어질 때 이날들을 생각하리
내 찬란했던 삶의 한 부분들을

기차

누구나 탈 수 있는
누구나 타야 하는
기차

기차는 무임승차가 없다
적당한 금액을 지불해야 한다
그것이 눈물이든
그것이 아픔이든
그것이 이별이든

정거장마다 사연과 사연을 싣고 떠난다
정거장마다 만남과 헤어짐이 이어진다

나는
얼마나 많은 기차역을 지나왔으며
지금은 어느 정거장을 향해 가고 있는가?

나는
어느 정거장에서도 내릴 준비가 되어 있는가?

기분 좋은 날

네가 살포시 웃어줄 때
네가 살며시 내 손을 잡아줄 때
씨앗이 고개를 내밀 때
이런 날에는 참 기분이 좋다

하늘이 시리게 푸르른 날
낙엽이 온 산을 불태울 때
하얀 눈이 온 세상을 덮을 때
이런 날에도 참 기분이 좋다

잊고 지냈던 오랜 지인으로부터 걸려온 전화 한 통
짐을 정리하다 발견한
때 묻지 않았던 어린 시절의 사진 한 장
내가 생각나 문자 했다는 친구의 카톡 문자

이런 날은 참 기분이 정말 좋다

이런 날에는
그리운 사람을 더 그리워하자

밤 떨어지는 소리

후두둑
밤이 떨어진다

어느 님이 주신 선물인가
한톨 한톨 떨어진 밤을 줍는다
햇빛과 바람이
기다림과 너그러움이 만들어 낸
그 밤을 줍는다

후두둑
밤과 함께 가을이 떨어진다
지난 여름 뜨거운 열정이 만들어 낸
그 가을이 떨어진다

후두둑
그 가을이 내 가슴에 떨어진다
내 가슴은 새가 되어
애절한 가을 숲속으로 날아간다

후두둑
밤 떨어지는 소리
아, 쓸쓸하고 찬란한
가을 속으로 들어간다

참회

나의 어리석음으로
당신을 힘들게 한 것에
참회합니다

나의 오해로
당신을 미워한 것을
참회합니다

나의 무심함으로
당신을 가슴 아프게 한 것을
참회합니다

참회는
민낯의 나를 다시 마주 보게 하는 시간이며
그리하여 다시 사람다움으로 돌아가게 만든다

지혜가 우리를 자유롭게 만든다
진리가 우리를 행복하게 만든다

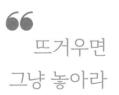
뜨거우면
그냥 놓아라

진리

아우성이다
뜨겁다고

뜨거우면 그냥 놓아라
그런데 놓지 못하는 이유가
수백까지다
그러면서 뜨겁다고 아우성이다
그러니 놓아라
그런데 놓지 못하는 이유가
수천가지다 수만가지다

방법은 오로지 한가지
뜨거우면 그냥 놓아라
잡고 있는 한
뜨거움을 피할 수 없다

그것이 인생이다
그것이 진리다

인연

어디선가 한 번쯤 당신을 본 적이 있습니다
지난밤 꿈에서일까요
명동거리 그 어느 쯤에서일까요

삼라만상이 온 힘을 다해야
태양과 달 그리고 지구가 힘을 합쳐야
한 번쯤 지나칠 수 있는 인연

그럼 도대체 당신은 어떻게 해서 내게 왔나요?

눈부신 당신은
억만 겁의 인연이 이어져 지금 내 앞에 있습니다

고마운 당신

이 비 그치면

이 비 그치면
온 산이 말갛게 목욕을 하고 다가오겠다
들판의 벼는 찰지게 노랗게 익어가겠다
청개구리 한 마리 청량한 울음소리는
빗소리에 화음을 넣고

이 비 그치면
그리운 사람은 더욱 그리워지고
상처받은 영혼은 살며시 웃음 지으려나

초등학교 때 가슴 설레게 했던 단발머리 소녀
초저녁 연탄불 위에 밥 익어가는 소리
조금씩 주름이 늘어나던 어머니의 모습

이 비 그치면
그리운 것들은 더욱더 그리워지려나
가슴속 묵혀둔 서러운 이야기를 들어줄 벗이 오려나

이 비가 그리움의 눈물이라면
그 빗속으로 더욱더 깊이 들어가고 싶다

인도 기차

인도
3등 기차를 탔다
인파에 밀려서 겨우 지정된
내 자리를 찾아간다
누군가 앉아 있다
기차표를 보여주며
눈빛으로 일어나라고 말한다

그러나
반응은
그래서?

난감하다
나도 버틴다
나의 버팀에 결국 일어난다

안락해진 나의 엉덩이에
지나가는 현자가 말한다

당신은 영원히 이 의자에 앉아 있을 건가요?

울엄마

보름달 같은 엄마 젖가슴
사랑으로 가득 채워

꿀꺽 꿀꺽
엄마의 사랑이 내 목구멍으로 넘어간다

용문면 5일장

장날이면 볼 일 없이 장에 간다
정겨운 삶들이 모여드는 곳

장안 가득히 퍼져오는 냄새
뻘건 소고기 국밥에 지나가는 사연들
한 그릇 말아서 먹는다

퍼득이는 생선
5일장에는 모든 것들이 살아 숨 쉰다

뻥튀기 소리는 어린 시절 추억을 소환하고
좌판의 할머니에 돌아가신 울엄마 생각

오늘도 장날이 오면 왠지 엉덩이가 들썩인다
아무도 날 기다리지 않지만

아마도 나는 너를 짝사랑하고 있는가 보다

그때는 몰랐다

열심히 사는 것이 잘 사는 것으로 생각했었다
사랑은 주고받는 것으로 생각했다
내가 마시는 공기가 당연한 것으로 생각했다

그때는 몰랐다
당신은 항상 그 자리에 있을 것으로 생각했다
아픔은 도려내면 없어지는 줄 알았다

그때는 왜 몰랐을까?

살아온 날이 더 많아진 지금
햇빛이 얼마나 고마운지
함께 하는 당신이 얼마나 고마운지
내가 사랑할수록 내가 더 행복해진다는 것을

시간이 많이 남아 있지 않다
서둘러 사랑하고
서둘러 고마운 이에게 감사를 전해야겠다

사랑을 하게 되면 누구나 바보가 되는가보다
행복한 바보가…

사랑을 하는 것은 나의 몫이고
사랑을 주는 것은 그대의 몫이다

사랑은 바보처럼

사랑할 때는 바보가 되어라
계산할 줄 모르는 바보

계산을 하는 순간
그것은 더이상 사랑이 아니니

단지
그대 눈빛이 고와서
그대 이야기에 깊은 울림이 있어서
그대의 존재 자체가 아름다워서

사랑을 하는 것은 나의 몫이고
사랑을 주는 것은 그대의 몫이다

사랑은 바보처럼 하는 것이다
내가 대답없는 꽃을 사랑하듯이

우수아이아

세상의 끝
Fin del mundo

끝을 향해 달려온 긴 여정
여행자의 고단함과 자유로움이
세상의 끝에서 녹아내린다

지구의 마지막 마을에서
누구에게나 다가올 마지막을
연습해본다

끝의 다른 이름은 시작
우수아이아는
끝이고 시작이다

괜찮아

괜찮아
잘 하고 있잖아

괜찮아
열심히 했잖아

괜찮아
네가 가는 길도 길이야

괜찮아
천천히 가도 돼
인생은 생각보다 길어

괜찮아
넘어지면 또 일어나면 돼
넘어진 김에 쉬었다 가면 돼

세상에는 정답이 없잖아

감나무를 심으며

노란 꿈을 담아서
양지바른 곳에 감나무를 심는다

어릴 적 대문 앞에 빨갛게 익어가던
기억과 추억도 함께 심는다

대지의 기운을 받아서
소나기와 태풍을 견디고 나면
노랗게 수줍게 익어갈 것이다

늦가을
멀리서 사랑하는 벗이 오면
오랫동안 담아온 그리움이 만든
감을 따주리라

소중함을 나무에 담아 심는다
세월이 지나면 울창하게 삶의
그늘을 만들어 주리라

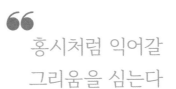

홍시처럼 익어갈
그리움을 심는다

추석

달이 되셨나
둥근 보름달에 비친
어머님과 큰 누이의 모습

떠난 사람들이 돌아오는 날
새신 사서 설레이게 기다리는 날
좁은 방에 온 식구가 모여도 마냥 즐거웠든 날

보름달은 여전히 변함없건만
이제는 삶에 애잔함이 조금씩 더해간다

홀로 먼산위 보름달을 보며
돌아오지 못하는, 내 곁을 떠난 사람들이
더욱 그리워지는 날
그래서 추석은 설레이면서도 쓸쓸하다

그대를 담는다

호수에 비친 그대를
내 눈에 담는다

먼 산을 넘어가다 지쳐서 물가에 쉬다가
물위에 그리움을 적어본다

보름달에 비친 그대를
내 가슴에 담는다

가슴앓이로 아직도 아물지 않은 아픔에
하늘 한번 쳐다보니 보름달이 나무에 걸려있다

차마 끝끝내 불러보지 못했던 그대 이름
지금은 화석처럼 굳어있다

지나가는 별들에게 소식을 전해본다
혹시라도 만나게 되면 호수가로 와서
고운 얼굴 비추이고 가라고

호수에 비친 그대 고운 모습
내 가슴에 고이 담아본다

그리움 2

가을이라고 쓰고
쓸쓸함이라고 읽는다

이별이라고 쓰고
기다림이라고 읽는다

그리움이라고 쓰고
그대라고 읽는다

누군가를 그리워한다는 것은
온 밤을 지새우며 별을 헤이는 것이다

수많은 별들 중 그대라는 별은 지금 어디에 있나?
밤을 세워 그 별을 찾아 나선다

" 그리움이라 쓰고
그대라고 읽는다 "

안나푸르나는 나에게 말한다

안나푸르나는 나에게 말한다
쉬엄 쉬엄 쉬면서 가라고 한다
하늘의 흘러가는 구름을 보면서
귓볼을 스치는 간지러운 바람의 촉감을 느끼면서 걸어가라 한다
가다 힘들면 숨 한번 고르고 지난 온 길을 돌아보면서
이만큼 온 것에 만족하라고 한다

안나푸르나는 나에게 묻는다
너는 지금 어디로 그리 급하게 가고 있냐고
그리고 지금 원하는 그곳에 가서는 다음에
어디로 갈 것이냐고
세상 그 무엇이 진정 너를 행복하게 하는 것이냐고

안나푸르나는 나에게 말한다
사랑하라고 더욱 더 사랑하라고
그래야 네가 더 행복해진다고
이해하라고 더욱 더 이해하라고
그래야 네가 더 큰 사람이 된다고
비우라고 끝없이 비우라고 그래야 더 많은 것을 담을 수 있다고

안나푸르나는 다시금 나에게 묻는다
너는 지금부터 어떻게 살겠냐고

너는 지금부터 어떤 길로 가겠냐고
진정으로 가치있고 아름다운 삶은 어떤 것이냐고

안나푸르나는 나에게 말한다
길을 떠나라고, 늦기전에
꿈을 꾸고 도전해보라고, 후회하지 않도록
그 길 위에서 아름다운 사람들을 만나고 그리고 꿈꾸는
것들을 이루어라고

안나푸르나는 나에게 말한다
삶은 오르막과 내리막으로 이루어져 있으니 그냥 살라고
한다.
너는 수많은 별들 중의 하나인 이 지구별에서 아주 작은
존재임을 알아라고
그래서 더욱 더 낮아지고 더욱 더 자신을 사랑하라고

안나푸르나는 나에게 속삭인다
내려갈 때 조심하라고
진정 원하는 자신의 삶을 살아라고
꽃보다 더 아름다운 인간의 향기를 품고 살라고

그렇게 그렇게 살다가 힘들고 지칠 때 이곳에 다시 오라고

제 2 부

Love

사랑에 사랑을 더하다

하면 할수록 내가 더 행복해지는 것
그것은 사랑이니
밥 먹듯이 사랑하고
숨 쉬듯이 사랑에 또 사랑을 더하자

그대의 눈물 한 방울
그대의 슬픔 한 묶음
그대의 쓸쓸함 한 다발이
누군가의 사랑으로 아침 이슬처럼 사라진다면

사랑에는 정량이 없다
사랑에는 유효기간이 없다
사랑에는 영수증도 없다

햇빛이 세상 모든 만물을 비추듯이
바람이 모두의 땀을 식혀주듯이
마주하는 모든 존재를 사랑하자
그 사랑에 또 사랑을 더 하자

사랑할수록 내 마음의 그릇은 더욱 커지니
그 그릇에 사랑을 담고 또 담자
이 세상과 마지막 이별의 순간

우리가 가지고 갈 수 있는 것은 단 하나
사랑했던 그 시간과 그 마음뿐

그래서
밥 먹듯이
숨 쉬듯이
사랑하고 또 사랑하자
사랑에 사랑을 더하자

감사 1

갑자기 눈물이 핑 돌아요
고마워서

당신의 기도
당신이 내민 손길
당신의 따뜻한 위로

고마워요
외롭지 않게 해주어서

당신은 밤마다 나를 위한 기도를 한다고 했어요
나는 당신을 위해서 기도를 한 적이 없는데

미안해요
고마워요

그냥

그냥 사나흘 울고 싶다
누워서 흘러가는 구름을 보면서
따스한 햇볕을 느끼며
그냥 한 사나흘 울고 싶다

고마워서 하루 울고
행복해서 하루 울고
서러워서 하루 울고

한 사나흘쯤 실컷 울고 나면
내 마음은 고요해지면서 원시의 상태로 돌아가려나
엄마 배 속에서 나온 그 첫날의 순수 세계로 돌아가려나

10월 어느 날
바람과 따스한 햇볕이 내 볼 위로 흘러내리면
난
한 사나흘쯤
다시금 울고 싶다

고마워서
행복해서
서러워서

진정한 사랑은 그 어떤 것도 바라지 않는다

66
바라는 순간 그것은
더이상 사랑이 아니다
99

꽃은 아무것도 바라지 않는다

꽃은 아무것도 바라지 않는다
그래서 꽃은 사랑이다
바라는 순간 그것은 더 이상 사랑이 아니다

사랑은
너의 아픔에 한 발 더 다가가는 것
너의 쓸쓸함에 온기를 더하는 것
너의 웃음에 함께 장단 맞추는 것

사랑은
입으로 하는 것이 아니고 가슴으로 하는 것
사랑은
너의 가슴속 한구석에서 또아리를 털고서 너 바라보기
그래서 네가 나를 필요할 때 지체없이 달려가기

사랑은
바라는 순간 그것은 더 이상 사랑이 아니다
꽃은 아무것도 바라지 않는다

친구 1

오랜 벗을 만나고
집으로 돌아가는 길

지난 밤에 나눈
투박한 정이 잔뜩 묻은 이야기들을 마음에 담고
지나가는 가을 풍광들은 눈에 담는다

친구의 마음처럼 편안하고 따뜻한
산과 들판이 내게로 들어온다

이런 날에는
모든 것들이 아름답고
모든 것들에 감사하다

벗이 말해준 희미한 지난 추억들의 이야기들을
곰씹어면서 지나간 시간속으로 여행을 떠난다

아픔, 방황, 꿈들이 갓잡은 생선처럼 퍼덕이든 시절을
함께 지내온 친구
이제는 인생의 반환점을 돈지도 한참 지났다

나는 네가 정말 좋다

이유없이
그냥 좋다

꽃을 좋아하듯이
산을 좋아하듯이

내게 준 고귀한 선물
너의 존재 그 자체가 좋다

너를 향한 나의 사랑에는
이유가 없다

길

길을 잃는다는 것은 새로운 길을 찾는다는 것이다
떠나지않고는 길을 잃을 기회가없다

떠나보지 않고는 알 수 없는 것들
떠나보지 않고는 만날 수 없는 것들

넓은 길만 길이 아니다
사람들은 말한다
이 길이 좋다 저 길이 좋다
한 번도 가보지 않은 길인데도 잘도 알고 있다

길은 그냥 내가 가는 것이 곧 길이다

당신의 길을 가셔요
새로운 길을 찾고 싶다면 일단 떠나셔요
그리고 길을 한번 잃어 보셔요

길을 떠나는 것을 두려워해서는 안된다
길위에서 당신은 아름답고 소중한 것들을 만날 것이다

66
묵묵히 당신의
길을 가세요
99

내가 누군가에게

나의 상큼한 미소가 바람을 타고
그대 입가에 다가가 웃음을 줄 수 있다면

나의 따뜻한 말 한마디가
당신의 처진 어깨를 일으켜 세울 수 있다면

나의 진심 어린 어설픈 조언이
어디로 갈지 방황하는 그대에게
조금이라도 길을 안내해줄 수 있다면
그러면 난 참 행복하겠다

힘들어 지쳐 있는 그대에게
한 손을 내어
그대의 손을 잡아 줄 수 있는 내가 된다면

타인의 아픔과 눈물을 내 가슴에 담아서
내가 네가 되는 그런 사람이 될 수 있다면

억울함, 실망감, 갈등, 미움과 분노
그 모든 부정적인 것들을
모두 담아서 녹아낼 수 있는
큰 그릇이 될 수 내가 된다면

그 그릇에 사랑을 담아서
너에게 다시 다가갈 수 있다면

그럴 수 있다면
난 참 감사하고 행복하겠네

무제

어디인가
여기가

누구인가
나는

어디로 가는 걸까
나는

아름다움인가
삶은

외로움인가
인생은

끝이 있는 것일까
이 길은

행여 끝이 있어 이길 끝나는 날
나의 마침표는 아픔일까 슬픔일까

비 오는 날 우산을 받쳐줄 이는 누구일까
어느 날 삶이 무척 잔잔한 슬픔으로 다가올 때
나를 위해 노래를 불러줄 이는 누구일까

삶은
꽃인가
저녁노을인가
해맑은 아기의 웃음인가

그대는 어디로 가나
길 없는 길에서 바람이 불면 어쩔거나

한 사흘 고열을 앓고 난 후
창문 사이로 비치는 한 줄기 햇살이 따사롭다

시인

시인은
사막에 꽃을 심는 사람
그 꽃으로 향기를 가득 채운다

하늘의 별을 따오는 사람
하늘의 별로 맛있는 요리를 해서 식탁에 올린다

시인은 척박한 땅에 단비를 뿌리는 사람
감성의 강물로 이르게 한다

시인은 떨어지는 낙엽을 보며 눈물을 흘리는 사람
그 눈물을 숙성시켜 치유의 포도주를 만든다

이 모든 재료를 잘 버무려 비빔밥을 만드는 사람

시인은 매일 밤 꿈을 꾸고
시인은 매일 쓸쓸하며
시인은 매일 행복의 길을 찾아 떠난다

버려진 마음의 보석들을 찾는 사람

양평에서

고추잠자리 호박꽃에 앉아 춤을 춘다
호박꽃은 참 행복하겠다
청개구리 한 마리 청포도 잎에서 낮잠을 자고 있다
청포도는 온가슴을 다 내어 안아준다

게으른 오후 한나절
흰 구름 속절없이 흘러가고
바람은 이산 저산 나들이를 다니고 있다

빨갛게 익어가는 고추
내 마음도 올차게 익어간다

생명을 잉태한 흙에서 배추는 얼굴을 내밀고
햇빛은 숨 쉬는 모든 것들에 다가가 노래한다

양평이 내게 준 고마운 선물
누구나 꿈꾸는 시간
그러나 누구에게나 허락되지 않은 시간

양평은 내게 속삭인다
무얼 그리 움켜쥐고 있냐고
어디를 그리 급하게 가고 있냐고

아빠는

아빠는 우산이고 싶다
집 떠난 너에게 비가 올 때
가만히 비를 받쳐주는 우산

아빠는 미소가 되고 싶다
네가 하는 모든 일을 지긋이 지켜보며
행복한 마음으로 피어오르는 잔잔한 미소

아빠는 음악이 되고 싶다
네가 세상살이에 지쳐서 집으로 돌아갈 때
편안히 모든 것을 감싸주는 음악

아빠는 나무가 되고 싶다
네가 힘들 때 언제든지 와서 기대어 쉴 수 있는
그늘이 있는 큰 나무

아빠는 응원단장이 되고 싶다
네가 무엇을 하든 신나게 너의 길을 갈 수 있게
용기와 열정을 줄 수 있는 응원단장

아빠는 참 욕심이 많다
왜 이렇게 하고 싶은 것
되고 싶은 것이 많은지

이 모든 것은 소중한 네가 있어서 할 수 있는 멋진 일들

흙

미안하다
네가 얼마나 고귀한 존재인 줄 몰라서

몰랐다
네가 엄마의 자궁임을

마른 씨 하나 품고서
온몸의 수분을 다 짜내어서
시간이 만든 영양분을 다 내주면서
생명을 잉태하는구나!

그러한 너는 오히려 무심하다
그래서 더더욱 이쁘고 고맙다

네가 잘 키운 상큼한 오이
나의 밥상에서 춤을 춘다

후회하고 싶지 않다면

지금 사랑하셔요
지금 떠나셔요

남의 시선을 따라가지 말고
당신의 길로 가셔요
당신에게는 당신다움의 길이 있어요

인생에는 나중에가 없어요
그때는 이미 모든 것이 지나가고 없을 거예요

나중의 행복을 위해서 지금 불행하면 안돼요
지금 행복해야 그 행복들이 쌓여서
당신의 삶을 따뜻하게 만들어 주어요

사랑도 나중에 하지 마셔요
지금 사랑해도 빠르지 않아요

세월이 지나서
'왜 그때 하지 않았지'라고
후회하지 마셔요

인생에는 2라운드가 없으니까요

현명한 바보

살아가는 방법은 다양하고
어떻게 살아도 다 좋아요

그러나 너무 계산하지 마셔요
인생은 계산처럼 흘러가지 않아요

혀끝의 단맛만 쫓아가지 말아요
그러면 농익은 묵은 김치맛을 놓칠 수가 있어요

칼날 같은 이성보다
솜같이 포근한 감성이 때로는 더 필요해요

가끔은 바보같이 살아봐요
참 편해요

벌들이 꽃을 찾아오듯이
바보에게는 많은 사람이 찾아오죠

어때요?
현명한 바보로 한번 살아보는 것

형과 사과

형은 작은 청과상회에서 일했었다
형은 공부를 많이 하지 못하고 일찍 세상으로 나갔다

밤이 깊은 추운 겨울밤
누이랑 함께 마대자루를 가지고 상회로 갔었다
자루를 형에게 건네고 우리는 두근거리는 마음으로
사과가 담긴 자루를 기다리고 있었다
참 긴 시간이었다

형은 사과 상자에서 한 개씩 삶을 꺼내어서 담았다
집으로 돌아가
우리는 자루에 담긴 삶을 베어 물곤 했었다

참 추운 겨울밤이었다

어린 시절 추억이 담겼던 그 자루는 지금 어디에 있나?

행복

무엇이 행복일까?
원하는대로 되어야 행복일까
아파트 평수만큼 행복이 커질까

불행하지 않으면 행복한 것이다
아프지 않으면 건강한 것처럼

행복을 찾아 헤매지 마세요
행복은 당신 마음속에 있어요

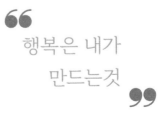

행복은 내가
만드는것

항해

인연의 닻을 올린다
모든 것을 잠시 내려놓는다

익숙한 항로
익숙한 바닷 내음
그러나 떠나는 자의 마음은 익숙하지 않다

수에즈 운하에서 파나마 운하까지
그 거리만큼 당신과 멀리 떠나왔다

북극성, 돌고래, 피칭과 롤링, 희망봉, 적도,
허리케인과 대서양…

명징한 호수 같은 고요의 바다
삶의 문턱을 넘나들게 만드는 죽음의 바다
떠나고 싶은 자와 떠나고 싶지 않은 자들이
만들어 내는 진하고 투박한 이야기들

육중한 몸을 내동댕이치는 5등급의 허리케인
공회전하는 엔진의 떨림
불안한 선원들의 모습

그렇게 밤은 숨죽여 지나가고

다음 날 아침 태양이
다시 그 자리를 채우면
날치들은 금빛 비행을 한다

항구에서 항구로 보헤미안 같은 삶들
항구마다 사연들은 생기고 사라지고
끝끝내
두고 온 항구의 인연들

그 많은 사연은
지금 어느 바다에서 표류하고 있나

코스모스 꽃

지난여름 꽃씨를 뿌렸다
짧은 시간 기특하게도 하나씩 꽃을 피우기 시작한다

자식을 보듯이
애인을 보듯이
따스한 시선으로 너와 눈을 맞춘다

나는 네가 좋은데
다양한 색으로 옷을 차려입은 네가 참 좋은데
푸른 물감으로 색칠한 무대에서
하늘하늘 바람에 몸을 맡기면서
춤을 추는 네가 정말 좋은데

나의 수줍은 짝사랑
그리움 하나하나가 코스모스 꽃을 피우고 있다
나의 애절한 그리움이 너를 꽃피우게 했구나

가을 시골길 흐드러지게 피어있는 너는 참으로 아름답다
아름다워서 눈물이 난다

나의 애절한 그리움이
너를 꽃피우게 했구나

좀 힘들면 어때

힘들 땐 하늘 한번 쳐다보기
하늘은 말한다
그것이 사는 것이라고

그럼 사는 것은 무어지
하늘은 말한다
숨 쉬고 있는 것이 사는 것이라고

좀 힘들면 어때
힘들 때 하늘 한 번 쳐다보고 씩 웃어주면 되지!

우리 할배

에구
우리 할배 등시렁 등시렁 춤을 추네

새로운 우주가 탄생되는 순간
온 세상은 숨을 죽여 지켜본다

막걸리 한 잔에 손 한번 잡아보고
안주 한 점에 발 한번 잡아보고
손과 발에서 전해오는 지나간 세월

나의 또 다른 나
그렇게 나는 또다시 태어나고
그렇게 나는 또다시 죽어가고

손녀가 눈 마주치며 배시시 웃어주면
아이고
우리 할배 졸도 하겠네

에구
우리 할배 막걸리 한 잔에 등실 등실 춤을 추네

여행

익숙함과의 이별
설레임과의 만남

만남을 위한 이별
또 다른 나를 찾아 떠나는 여정

완벽한 준비는 없다
가슴이 뛸 때 떠나야 한다

아름다운 지구별에 있는
아름다운 사람들을 찾아 떠나는
고독하고 행복한 길

현자가 사는 히말라야산맥
자신의 나이조차 모르는 원시의 세상
세상의 마지막 마을 우수아이아까지

눈을 열어 세상의 아름다움을 보고
마음을 열고 귀를 열어서
그들의 세상 이야기를 듣는 것

여행… 지구별에 살고 있는 사람들을 만나 그들의 이야기를 마음에 담고
지구별의 아름다운 풍경을 눈에 담는 것이다

66

여행은 나를 찾아
떠나는 행복한 여정

99

91

조금만 더

조금만 더 사랑해주면 안 될까?
사랑할 날도 얼마 남지 않았는데
조금만 더 그의 처진 어깨에 나의 손을 얹어주면 안 될까?
나의 온기가 전해지면 조금은 더 힘을 낼 수 있을 것인데

사람들은 이만하면 되었다고 이야기하지!
사람들은 할 만큼 했다고 이야기하지!

그런데
그런데

그대의 따뜻한 눈빛 한줄기
그대의 온기 스민 손으로
조금만 더 함께하면 안 될까?

준다는 것은 비워지는 것이 아니고
다시금 채워진다는 것

상실

내 한쪽이 떨어져 나가 별이 되어 버렸다
만질 수도 느낄 수도 없다

너무 멀리 가버렸다

당신의 빈자리
술로 채울 수가 없다
밥으로도 채울 수가 없다
눈물로도 채울 수가 없다

사실 산다는 것은 쉬우면서도 참 어렵다
그러나 이왕 살거면 자유롭고 행복하게 살면 어떨까

66
산다는 것은
사랑한다는것
99

산다는 것

산다는 것은
사랑한다는 것

산다는 것은
그리워한다는 것

산다는 것은
추억한다는 것

산다는 것은
죽어간다는 것

아들들에게

팔 개월째인 너희들
숨소리만 들리는 너희들
손인지 발인지 모를 움직임만 있는 너희들
하나가 아닌 둘인 너희들
그래서 하루하루가 더 길게 느껴지는 아빠의 마음

기도합니다
소원합니다
애원합니다
우리의 아들들이 기나긴 여정을 무사히 마치고
저희에게 건강하게 오기를
또다시 소원합니다
그들이 우리와 함께하며 좀 더 튼튼하고
넉넉한 가정이 되기를

아들들아
아빠의 삶의 의미를 더 깊게 느끼게 만든 너희들
그래서 아빠는 너희가 오기를
손꼽아 기다리는 것을 알고 있니
아빠라는 단어에 너희의 숨결이 함께함을
너희는 알고 있니

어서 오너라
함께 가자
엄마랑 누나랑 아빠랑 함께 가자
너희의 자리가 비어있다
어서 와서 채워주려무나

하나보다는 둘
둘보다는 셋이 더 좋음이니
새하얀 미소를 머금고 세상의 어둠을 밝혀라
우렁찬 울음으로 아침을 깨워라

너희를 안을 아빠의 가슴은 비어있다
어서 와서 채워다오
사랑하는 아들들아

포도

집 앞에 포도가 알알이 익어간다

바람과 햇빛이
게으르지 않게 열심히 일해 준 덕분이다

아침 먹고 몇 알
지나가다 몇 알
입속으로 싱그러움이 들어간다

시원한 바람에 몇 알
푸른 하늘 구름 바라보며 몇 알
가슴속으로 그리움 한 알 넘어간다

세월이 쌓여가면서
알알이 익어가는 그리움

집 앞을 서성이다 한 알
문덕 그대 생각나면 한 알

겨울밤

마지막 잎새마저 떨어지는 겨울밤
지난 계절 수고했다고 이제 좀 쉬어가라고 한다

싸르락 싸르락
밤새 눈이 내리고

소곤소곤
따뜻한 아랫목에선
끝이 없을 이야기가 이어지고

떠난 님들이 더욱 그리워지는
겨울밤은 속절없이 깊어만 간다

떨어진 잎새는 봄이 되면 다시 피듯이
떠난 님도 다시 오려나

싸르락 싸르락
그리움도 밤새 쌓여간다

다시 태어나도

어느 봄날
그대 내게 와 꽃이 되었다
그대 내게 와 난 나비가 되었다

매일 꽃향기 맡으러 날아간 나비는
행복에 겨워 춤을 춘다
꽃향기에 취해
세월가는 줄 모르는 나비
그게 행복이겠지

잔잔히 퍼져가는 꽃내음처럼
서로가 서로에게 스며들어

꽃이 나비가 되고
나비가 꽃이 되어
봄날 들녘에서 해 질 녘까지 노래한다

만약 다시 태어나도
나비가 되어 그대에게 날아가리라

봄

개구리 하품을 한다
개나리 노란 옷 차려입고 봄나들이 나간다

제비 한 마리 박 씨앗 대신 떠난 님의 소식을 물고 오고
긴 추위를 무사히 이겨낸 새싹들 얼굴을 내밀기 시작한다

겨울이 물려주고 간 빈자리에 다시 초록의 생명이 자라나고
뒷산은 기지개를 켜면서 한번 이 계절을 즐겨볼 심산이다

봄의 향연이 시작된다

떠난 님은 돌아오고
상처받은 영혼은 치유가 되고
온갖 새들은 비발디의 사계에 맞추어 노래한다

겨울의 외투를 벗어야 비로소 봄이 탄생을 하니
겨울이 깊을수록 봄은 더 빛난다

겨울아,
봄을 잉태하기 위해 지난 시간 수고가 많았다

제 3 부

Love

12월의 신부에게

눈처럼 새하얀 12월의 신부는 길을 떠납니다
한 번도 가보지 않은 길
그러나 함께할 사람이 있어서 두렵지 않습니다

12월의 신부는 노래합니다
이제는 혼자서 외롭게 노래하지 않습니다
함께 노래할 그 사람이 있습니다

12월의 신부는 꿈을 꿉니다
마음속에 오래 간직했던 고운 생각들
그 사람과 함께 만들어 갑니다

12월의 신부는 알고 있습니다

결혼은
서로 맞추어 사는 것
다름을 인정하는 것
받기보다 주는 것을 먼저 생각하는 것
수많은 인연을 이어서 온 소중한 사람이라는 것을

그 사람이 바로 그대입니다
그 사람이 작은 우주입니다
그 사람은 말합니다

당신은 더 큰 우주입니다

12월의 신부는 눈부십니다
눈과 마음에서 빛이 발하니까요

결혼은 함께 꿈을 꾸고 그 꿈을 향해 나아가는 것이다

LIMA에서

리마의 바닷가
태평양을 바라보며 한 잔의 세레베사에 취기가 돈다
파도는 내 삶의 노래처럼 끊임없이 밀려오고
세부자는 이 거리 저 거리를 휘젓고 다닌다

생각해보았는가
우리가 할 수 있다는 것을
가보았는가
우리가 소망했던 길들을
느꼈는가
오늘 이 지구의 반대편에서 함께 한 흔적들을

사랑하는가
우리는
함께했는가
우리는
기억할 것인가?
우리가 함께한 이 길들을

El Condor Pasa의 노래에 내 감성은 더욱 춤을 추고
나는 더 외로워진다
리마의 밤바다는 꿈인 듯 아련해지고
이방인의 애절함은
나비의 날갯짓처럼 끝이 없다

언제인가 돌아갈 삶이지만
오늘은 더욱 고독해지고
오늘은 더욱 자유로워지고
오늘은 더욱 모두를 사랑하고 싶다

세 남자는
길 위에서 갈등하며
사랑하며 그렇게 서로를 알아가고 있다

이 길이 끝나는 날
우리는, 우리는
진한 악수와 함께 서로의 눈빛을 바라보며
환한 웃음을 지으리라

너무 슬퍼 말자

너무 슬퍼 말자
꽃잎이 진다고
낙엽이 진다고

때가 되면 가고
때가 되면 또 오니

사연이 있을 거야
우리가 알 수 없는 무언가 있을 거야

가끔 슬퍼하자 그러나 너무 오래 슬퍼하지는 말자
시간이 지나면 아픔도 옅어질 것이니…

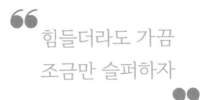

힘들더라도 가끔
조금만 슬퍼하자

낙엽

길 위에 떨어진 낙엽을 바라본다
지난 계절 참 열심히 살았구나

떨어진 낙엽이라고 무시하지 마라
낙엽 하나에 온 우주가 담겨있음이니

떠날 때 미련 없이 떠나주는
다시 돌아올 때는 요란하지 않게 고개를 내미는

늦가을
길 위에 떨어진 낙엽을 보며
작은 우주 속으로 들어간다

난 어떤 존재인가?
난 낙엽보다 작은 존재인가?

꿈

꿈을 꾼다는 것은 아직 내가 살아있다는 것
내가 살아있다는 것은 아직 내게 꿈이 있다는 것

꿈에는 등급이 없다
당신의 가슴에서 우러나오는 것들은 모두 소중한 꿈이다

꿈을 가진 사람은 늙어도 눈이 부시고 아름답다
꿈이 없는 사람은 젊어도 더 이상 청춘이 아니다

꿈은 나눌수록 커지고
꿈과 꿈이 만나 다시금 새로운 내가 된다

꿈을 노래하고
꿈을 꾸다 잠이 들고
꿈을 꾸다 죽어간다

들꽃이라고 괴로워하거나 슬퍼하지 않는다
들꽃은 들꽃만의 아름다움과 의미가 있다

 들꽃처럼 한번
살아보면 어때

들꽃

너는 그냥 길가의
이름 없는 들꽃이야

너무 괴로워하지 마
지금 그대로도 괜찮아

들꽃은 누가 눈길을 안 주어도
왜 꽃이 예쁘지 않냐고 시비를 걸지 않아
들꽃은 괴로워하지 않아

생각하는 만큼
우린 대단한 존재가 아닐지도 몰라

그냥 들꽃처럼 가볍게 살아도 되잖아

ABC(안나푸르나 베이스캠프)

딸과 길을 떠났다
쉽지 않은 길 그러나 소망했던 길

신들이 살고 있다는 그곳
앞서거니 뒷서거니 산과 산을 넘어간다

오로지 걸음에 집중한다
오로지 딸에게 집중한다
언제 너에게 이렇게 오롯이 귀 기울인 적이 있었던가

가끔 힘들 때 배낭을 들어준다
너의 삶이 힘들 때도 그 무거움을 들어줄 수 있다면
너는 세상이 만만치 않다고 한다
너의 푸념과 하소연을
언제나 기꺼운 마음으로 들어줄 수 있다면

걸음 하나하나에 추억이 쌓이고
부녀의 정도 안나푸르나에 쌓여간다
서로가 서로를 그리워할 때 이 추억들을 꺼내어
되새김질하리라

ABC에서 흘린 눈물
아마도 행복의 눈물이었으리라

가끔 삶이 허전할 땐
조용히 눈을 감는다
ABC가 딸과 함께 내게 조용히 다가온다

그해 여름은 참으로 눈물 나게 아름다웠다

미움

너를 미워해서 내가 행복해진다면 천만 번 미워하겠다

더 이상 자라지 않게 영양분을 제거하고
지나가는 바람에 실어 멀리 보낸다

미움이 떠난 빈자리에 고운 채송화꽃을 심어본다
벌이 날아오고 새들은 노래를 한다

바보
왜 몰랐을까?
미움은 마음 한가운데서 빛의 속도로 자라서
내 영혼을 갉아 먹는다는 것을

너를 미워해서 네가 괴로워진다면 천만 번 미워하겠다
너를 미워해서 내가 행복해진다면 억만 번 미워하겠다

미운 감정의 파도가 밀려오면 문을 열어서 빨리 내보내자
우리들에게 사랑할 시간도 부족하잖아

미워할 시간에
차라리 사랑을

친구 2

언제나 변함없이 그 자리에 있는 사람

고맙다고 표현하지 않아도 눈빛으로 서로를 알수 있는 존재

시끌벅적한 선술집
취기에 나의 숨겨진 이야기를 꺼내어 털어놓아도
귀 기울여 주는 맑은 눈을 가진 사람

나의 부족함마져
별 것 아니라고 넘기는 사람
널어진 어깨를 툭 치며
힘내라고 응원해주는 사람

연인도 아닌데 사랑한다고 뜬금없이 문자를 보내는 사람

이런 친구 한 사람만 있어도
인생은 외롭지 않겠다

지금 그대로

지금 그대 웃는 모습이 예뻐요
지금 그대 마음도 예뻐요

지금 그대로도 좋아요
그대에게 더 이상 바램이 없어요

그대가 걸어가는 길
그대가 생각하는 꿈
멋지고 아름다워요

지금 그대로
내 곁에 있어줘요

엄마가 내게 준 그 많은 사랑들
추억의 단지에 차곡차곡 쌓아보아요

"

홍시를 보면 생각나는
그리운 울 엄마

"

홍시

가지 위에 걸린 빠알간 그리움 하나
오랫동안 묵혀둔 눈물 한 방울이 떨어진다

달콤한 홍시가 왜 가슴을 아리게 할까

숨바꼭질하듯
엄마가 숨겨놓은 홍시 찾기
이제 홍시는 천지에 깔렸으나
홍시를 숨긴 엄마는 지금 어디에 있나?

눈을 들어 가지 위에 걸린 홍시를 본다
하늘은 파랗게 눈물겹다

홍시를 숨긴 장독 안
이제는 홍시 대신 그리움을 담아야겠다

포구

이른 새벽
다양한 삶들이 갓 잡은 생선처럼 퍼득인다

먼바다에서
희망을 낚아온 배들은 포구에서 안식을 취한다

사연과 사연들은 모여서 이야기가 되고
막걸리 안주로 구수한 비린 내음 한 사발 들이키면
은빛 갈치들은 춤을 춘다

포구로 향하는 사람
포구를 떠나는 사람
이야기를 만들고
이야기를 남겨두고

내일도
포구는 살아 숨 쉬고
배들은 출항의 닻을 올리며 또 희망을 낚으러 간다

함께 한다는 것

너의 눈물의 깊이를 헤아린다는 것
모두가 아니라고 이야기할 때
그럴 수도 있겠다고 생각하기

돈키호테 같은 소리에도 장단 맞추면서
꿈 너머 꿈을 같이 그려보기

새벽에 걸려온 전화에 짜증보다 걱정이 앞서는 마음
그냥 아무 이유 없이 네가 좋아지는 마음
밤하늘 달을 보다가 문득 네 생각 떠오르는 마음

함께 한다는 것은
온전히 나를 내려놓고
너의 가슴속으로 들어가기

침묵

태산이 멈춘 순간
고요 속에서
내면으로 들어간다

오랜 나와 마주 앉아서
나와 대화를 하는 시간
내가 내게 묻고 내가 답을 한다

힘들었지?
사는 게 뭐 그렇지
외로웠지?
외로움은 때로 따스하기도 해
아직도 꿈을 꾸는 거지?
그럼 살아있는 동안은 계속 꿈을 꾸어야지

침묵이 답일 때가 있다
굳이 나의 억울함을 말할 필요가 없다
굳이 세상의 시끄러운 소리를 들을 필요가 없다

침묵
오로지 자신에게 향하는 시간
내가 누구인지
지금 어디인지
그리고 어디로 가고 있는지

은해사 운부암

살다 보면 벼랑 끝에 내 몰릴때가 있다
운부암은 내게 그렇게 다가왔다

추운 겨울밤
바람에 스치는 대나무 소리
그 긴밤
무서워서
외로워서
흙벽에 도배된 신문지의 글을 읽고 또 읽었다

멀리서 눈에 익은 모습이 보인다
아들 추울까 걱정되어 10리 산길 걸어서 가져온 담요
그 담요를 안고 온 밤을 울음으로 채웠다
미안해서
고마워서

운부암이 나를 일으켜 세웠고
어머님의 이마 주름이 나를 키웠다
굽어진 어머님의 허리가 나를 키웠다

사람에게는 누구에게나 슬픔 하나씩은 있다
그 슬픔 하나 운부암에 맡겨 놓았다
힘들 때 한 번씩 꺼내어 되새김질하곤 한다

감사 2

감사합니다
매일 아침에 눈을 뜨게 해주시어
감사합니다
고요한 마음을 주시어
타인의 눈물에 눈물을 흘리게 해주시어
꽃향기를 맡는 후각을 주신 것에
사랑하는 사람을 볼 수 있는 시력을 주신 것에
연인의 속삭임을 들을 수 있는 청력을 주신 것에

감사하겠습니다
냉철한 이성과 따뜻한 마음을 주신다면
내일 아침에도 눈을 뜨게 해주신다면

또다시 감사하겠습니다
누군가의 눈물을 닦아줄 수 있는 가슴을 주신다면

내 마음속을 감사함으로 가득 채워주신다면
정말 감사하고 또 감사하겠습니다

매일 매일 눈뜨게 해주는 엄청난 선물을 잊고 살고 있다
돌아보면 감사한 일이 지천에 깔려 있다

잊고 살고 있다. 지천에
널려있는 수많은 감사한 일들

어쩌다 보니

어쩌다 보니 어른이 되어 있었다
어쩌다 보니 부모가 되어 있었다
어쩌다 보니 멀리 와 있다

왔던 길들이 기억나지가 않는다
노란 은행나무 가로수 길이었던가
아니면 코스모스가 하늘거리는 시골길이었던가

한 번쯤 하늘을 쳐다보았으면 좋았을 것을
한 번쯤 나뭇잎 떨어지는 소리에 귀 기울여 보았으면
좋았을 것을

그때는 몰랐다

빨리 가면 좋은 줄 알았다
인생에 길은 하나인 줄만 알았다
오솔길의 호젓함을 즐길 줄 몰랐다

어쩌다 보니 겨울이 집 앞까지 찾아온다
때 되어 오는 것들 막을 수는 없다

그러나
아직 할 일이 많다

그 사람을 사랑해야 할 일
누군가와 눈을 맞추면서 따뜻함을 전해야 할 일
그리운 사람을 더 그리워해야 할 일

첫 마음

당신에게로 향했던 설레는 그 마음
첫 마음

처음으로 당신의 손을 잡았을 때 전해졌던
그 첫 느낌

하늘이 눈부시게 푸른 날 당신에게 첫 마음을
담아서 보냈던 첫 편지

방금 헤어지고도 또 보고 싶어 집 앞에서 서성이고
방금 전화를 하고도 또 전화기 앞에 서성이고

무슨 못다 한 이야기들이 많았길래 그리도 서성거렸을까?

첫 마음은
두근두근 거림

자연의 친구들

청개구리 한 마리 방안으로 들어왔다
나비도 한 마리 들어와 온 방을 휘젓고 다닌다

아무 때나 방문을 하는 친구들
아니 그들이 노는 곳에 내가 찾아왔구나
초대받지 않은 내가

나를 친구로 받아준 너희들

친구들,
고맙고 미안해
잠시만 놀다 갈게

시간이 지나면

시간이 지나면 알게 될 일
너무 억울해하지 말아요

시간이 지나면 사라질 슬픔
너무 아파하지 말아요

시간이 지나면 그 사람 오리니
너무 가슴앓이 하지 말아요

지금은 곧 어제가 되고
지금은 곧 내일이 되겠죠

시간이 지나면
꽃은 다시 피고
종달새는 다시 노래하겠죠

시간이 해결해주는 것들이 많다
힘들더라도 조금만 더 기다리자

시간이 지나면 사라질 슬픔
너무 아파하지 말아요

아픔 없는 들꽃이 어디 있으랴

들꽃은 꽃을 피우기 위해 지난 밤 심하게 몸을 떨었고
매미는 한 번의 여름을 위해서 땅속에서 몇 년을 보냈다

지나가는 바람에도 우리가 모르는 아픔이 있고
존재하는 모든 것들에는 눈물이 있다

아픔이 있어서
더 소중해지는 살아있는 모든 존재들

누구에게나 말 못 할 아픔 하나씩은 지니고 살아가다가
불쑥 소리 없이 되살아난다

깊은 밤 잠들기 전
혼자 밥을 먹다가
집으로 돌아가는 버스에서
라디오에서 흘러나오는 익숙한 노래를 들을 때

치유되지 않은 슬픔이 그렇게 한번 나를 흔들고 지나간다

그렇게 왔다가 사라지는 슬픔이면
그런 슬픔 하나쯤은 가슴에 담아두고 살아도 괜찮을 것 같다
그것이 나를 다시 일으켜 세우는 힘이라면

위대한 선물

공짜로
공기를 마시고
빛을 쬐고
꽃향기 맡고
눈오는 밤풍경 구경하고
새들의 노래소리를 듣는다

매일 매일 엄청난 선물을 받고 있다
이 빚을 언제 다 갚을 수가 있나

공짜로
불타는 가을 단풍을 보고
바람의 소리를 듣고
소나무 숲속길을 걷고
달과 별의 반짝임을 보고

조건없이 무제한으로 주어지는 선물
하루도 빠짐없이 주어지는 위대한 선물

관점을 바꾸면 쉽게 해결할 수 있는 것들이 많다
한 발 물러서서 바라보자

생각을 바꾸면 알수 있는
지혜로운 방법들

자비무적(慈悲無敵)

적을 이기는 것보다
적을 만들지 않는 것이 더 현명한 방법

화를 참는 것보다
화를 낼 것이 없는 상태가 더 행복해지는 방법

사랑을 기다리는 것보다
내가 먼저 사랑해서 더 즐거워지는 방법

어머님 전상서

어머님, 그동안 안녕하셨어요?
하늘나라로 여행을 떠나신 지가 오랜 시간이 흘렀네요.
지난겨울 이곳은 엄청 추웠는데
그곳은 괜찮으셨는지요?
이렇게 어머님께 글을 쓰게 되는 것도 참 오랜만이네요.
이 세상에 태어나 어머니와 첫 만남의 기억은 나지 않지만
제 기억 속에 어머니와의 여행이 시작된 순간들이
어슴푸레 아주 작은 조각들로 꿈인 듯 현실인 듯 그렇게
남아 있습니다.
어머님의 품은 항상 따뜻하고 아늑했습니다.
어떠한 것도 품을 수 있고 어떤 아픔도 보듬어 주시는
안식처였죠.

어머니는 강하셨지요.
40대 초반에 홀로 되셔서 4남 2녀를 아무 탈 없이 잘
키우셨죠.
어머니는 여장부여셨죠.
어떤 어려움이 닥쳐도 기필코 이겨내셨죠
그러나 어머니로는 강하셨지만 여자로는
얼마나 힘드셨겠습니까?
나이 60이 다 된 자식이 이제서야 알 것 같습니다.

어머니는 항상 잠이 부족하셨죠.

밭에서 김을 매다가 호미를 쥔 채 꾸벅꾸벅 졸던 모습,
그때의 어머니 모습은
제게 정지된 화면처럼 확연히 새겨져 있습니다.
가을밤 어두운 방 안에서 콩잎과 깻잎을 다듬으며
졸던 모습도 기억 속에 또렷이 남아 있습니다.
아마도 1인2역을 완벽히 수행할려니 잠 잘 시간이
없었으리라 짐작이 갑니다.

어머니는 엄격하고 무서웠죠. 어머니의 말은 법이었죠.
무슨 일이든 한번 말씀하시면 어떻게든 해야 했지요
어릴 때는 서운하기도 했지만 철들면서 어머님이 왜
그러했는지, 왜 그렇게밖에
할 수 없었는지 알게 되었습니다.
어머님의 엄격함이 아마도 저를 조금 더 사람 구실을
하게 만들어 주셨는지 모르겠습니다.

어머니, 또 생각나는 것이 있네요.
겨울철 공사장에서 일을 마치고 퇴근하실 때 항상 챙겨
오시던 건빵, 그리고 건빵을 누님 형님들과 맛있게 나눠
먹었던 기억, 아마 제가 좀 더 먹으려고 떼를
썼던 것 같아요.
그리고 명절이면 항상 콩나물을 길러
시장에 내다 파셨지요.

기억납니다.
새벽 잠결에 어렴풋이 어머님이 콩나물시루에
물을 줄 때 나던 물소리
제게는 참 따뜻한 기억으로 남아 있습니다.
어머님은 콩나물에 물을 주듯이
제게도 아낌없는 사랑의 물을 주시면서 키우셨죠.

어머니
매년 겨울철이면 여기 필리핀의 막내 아들
집으로 오셨는데 그때 어떠셨어요?
불편하거나 혹시 제가 잘못한 것은 없으셨어요?
지나고 보니 아쉽고 후회가 되는 것도 있네요.
그때 좀 더 다정하게 밤늦게까지 조곤조곤
이런저런 이야기를 나누지를 못했던 것 같습니다.

또 기억나는 것이 있네요.
끼니마다 반주하시던 당신께서 아침 식사 때
"얘야, 한잔하고 출근해라" 하며 저한테도 권하셨죠.
사실 부담스러웠지만 거절할 수도 없었죠.
아마도 그것조차 사랑의 표현이셨겠지요.

지금은 그립네요.
누가 제게 출근 전 술 한잔 권하는 이가 있을까요?
어느 날 한국에서 어머님이 긴 여행을
떠나셨다는 전화를 받고 너무 슬펐죠.
막상 떠나시고 나니 이 세상에서 더는 같이
숨 쉴 수 없다는 생각에 참 막막하고
어떻게 말로 표현할 수 없는 아픔이었죠.
그러나 누구나 가는 길이니 편안하게 가셨기를,
그리고 슬픔의 눈물이 아닌 고마움의 눈물을
당신이 떠나실 때 흘리려고 애를 썼습니다.

어머니, 그곳은 어떠셔요?
참 아버님은 만나셨어요?
요즈음도 소주 한 잔씩 하시나요?
이곳에서 힘든 시간을 보내셨으니
그곳에서는 아버님과 즐겁게 술 한 잔 기울이시면서
언제가 다시 만날 때까지 편안히 잘 계셔요.

어머니, 어머님이 제게 주신 사랑을 이제는 제 아이들과
주위에 갚으며 살게요.

그것이 아마도 어머님의 은혜를 갚는 길이겠지요.

어머니, 그런데 이 편지를 어디로 부쳐야 하나요?
참, 어머님은 제 가슴 한가운데에 계시죠.

그리고 어머니,
어머님을 위해서 시 한 수 지어 보았습니다.
제가 그래도 한때 문학 소년이었잖아요.

시가 마음에 드시면 오늘 밤 제 꿈에
한 번 다녀가실래요?
오셔서 잘 했다고 칭찬 한번 해주셔요.

어머니 항상 건강하시고 즐겁게 지내셔요.

당신이었나요

당신이었나요
새하얀 봄날의 목련꽃처럼 순백의 사랑을 주신 분이
당신이었나요
멀리 집 떠난 자식이 고향에 돌아왔을 때 맨발로 뛰어나와
"이놈아" 라며 눈물 글썽이었던 분이 당신이었나요
바다로 떠난 아들을 위해서 하루도 빠짐없이 새벽 불공을
드린 분이 당신이었나요

질곡의 삶을 살아오신 당신
삶의 벼랑 끝에서도 자식을 위해 끝까지 삶을 포기치
않았던 당신, 자식을 위해서라면 어떠한 고난과 어려움도
참으시며 살아온 당신 그러나 정녕 당신을 위한 삶은
없었습니다

기억납니다
당신과 마지막 이별의 순간이
아, 이것이 마지막 이별의 순간임을 예감하며 중환자실
의식이 없으신 당신에게 눈물 흘리며 이렇게 말씀드렸지요

"고맙습니다, 수고하셨습니다, 사랑합니다"
당신이 없는 세상을 생각할 수 없었습니다
당신이 떠나면 세상이 끝나는 줄 알았습니다
그러나 무심하게도 세상은 돌아가고 있네요

당신을 생각하면 왜 아직도 목이 메일까요
당신을 그리워하면 왜 가슴이 아파올까요
그러한 당신은 지금 내 가슴 어느 곳에 머물러 있나요

당신의 사랑으로 인해 따뜻한 가슴을 가질 수 있었습니다
당신의 삶을 지켜보며 인생을 어떻게 살아야 하는지
알게 되었습니다
당신의 든든한 울타리로 인해 당당한 한 인간으로
살아갈 수 있게 되었습니다

"어머니" 라는 세글자는
나의 고향입니다
나의 그리움입니다
나의 눈물입니다
나의 종교입니다

세상에서 가장 고귀하고 위대한 당신은 나의 어머니

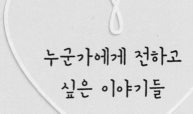

누군가에게 전하고
싶은 이야기들

소중한 사람에게 지금까지 전하지 못했던 가슴속 이야기들을 적어보세요
그러면 어느 순간 그 사람이 내 가슴에 자리할 거예요

To.

To.

To.

To.

사 랑 에
사 랑 을
더 하 다

초판 1쇄	2021년 12월 5일
초판 2쇄	2023년 5월 5일

지은이	이규초
발행인	김재홍
교정/교열	김혜린
마케팅	이연실
디자인	박효은

발행처	도서출판지식공감
브랜드	문학공감
등록번호	제2019-000164호
주소	서울특별시 영등포구 경인로82길 3-4 센터플러스 1117호{문래동1가}
전화	02-3141-2700
팩스	02-322-3089
홈페이지	www.bookdaum.com
이메일	bookon@daum.net

가격	10,000원
ISBN	979-11-5622-654-3 03810

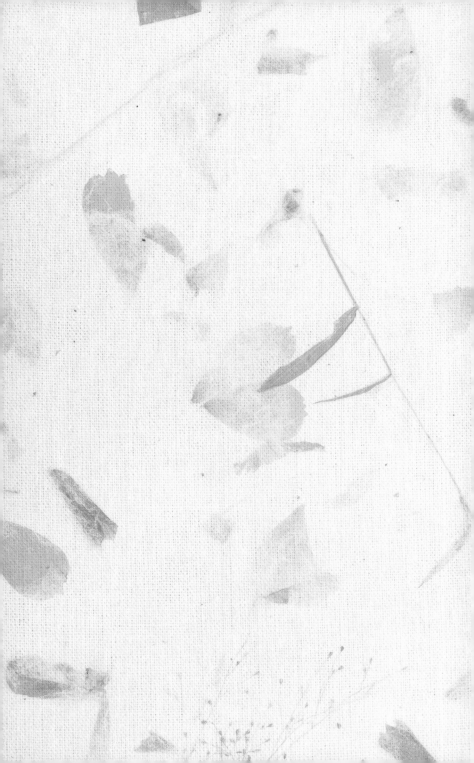